Häa-net.com
哈福網路商城

Häa-net.com

哈福網路商城

Häa-net.com
哈福網路商城

用中文
溜法語

5個私房本領 學來超簡單

世界第一簡單
中文注音學習法

哈福編輯部◎編著

哈福

這麼簡單的法語 我也會說

　　《用中文溜法語》是可以讓沒有法語基礎的人，能夠在最快的時間內，馬上開口說法語的神奇法語隨身書。利用簡易的中文注音，我們讓法語學習變得好輕鬆、好簡單！

　　學語言有沒有捷徑？這個問題的答案是肯定的。當大家都從枯燥的發音練習開始，然後努力地背好所有的文法規則時，你也可以選擇，不要走這樣一條漫長的道路。在這邊，我們推薦你一種革新式的法語學習法，那就是用中文快速溜法語。

　　你想要去法國旅行嗎？你對法文有興趣卻從來沒有學過嗎？沒關係，這本書最適合零基礎的自學者。日常生活中會出現的情境會話，盡在本書中。百分之百會用到的必備會話，以簡易的句子表達，配合中文、法文、拼音對照的方式呈現，絕對可以滿足你快速學習、在短期內輕鬆脫口說法文的心願。

　　現在，就把這本小書放到口袋，一有空就拿出來看看。你會發現，在不知不覺中，你就已經可以說出一口純正的法語了。

本書特色

特色一：中文注音學習法，懂中文就能夠立刻說法語。每個單字、每句會話都附有中文拼音及中文意義解釋。碰到不會讀的法語單字時，只要對照著旁邊的中文注音念，馬上就可以和法國人侃侃而談。

特色二：編排清晰，內容依情境分成十個部分。從基本單字、交通、觀光到用餐、 物一應俱全。只要你熟記書中語句，對你的法語口頭表達能力的提高，一定受益無窮。

S o m m a i r e

基本單字

一.數字

□一
un / une
骯 / 淤

□六
six
西司

□二
deux
德

□七
sept
些

□三
trois
塔

□八
huit
欲

□四
quatre
嘎特

□九
neuf
勒服

□五
cinq
負

□十
dix
簽

□**十一**
onze
翁司

□**十七**
dix-sept
敵視 些

□**十二**
douze
都市

□**二十**
vingt
甕

□**十三**
treize
推色

□**二十一**
vingt et un
甕 貼 骯

□**十四**
quatorze
家多是

□**三十**
trente
推特

□**十五**
quinze
負簽

□**四十**
quarante
家紅

□**十六**
seize
些司

□**五十**
cinquante
喪共特

□ **六十**

soixante

師襪鬆

□ **一百**

cent

送

□ **七十**

soixante-dix

師襪鬆 敵視

□ **一千**

mille

米勒

□ **八十**

quatre-vingts

家特奉

□ **一萬**

dix mille

低 米勒

□ **九十**

quatre-vingt-dix

家特 甕 敵撕

二.日期

□今天
aujourd'hui
凹濁對

□早上
le matin
碼當

□昨天
hier
業

□上午
la matinée
碼當鎳

□明天
demain
德慢

□中午
le midi
米地

□前天
avant-hier
阿翁 業

□下午
l'après-midi
阿配 米地

□後天
après-demain
阿配 德慢

□晚間
le soir
絲襪

□**夜晚**
la soirée
絲襪雷

□**週六**
le samedi
喪地

□**週一**
le lundi
郎地

□**週日**
le dimanche
夢需

□**週二**
le mardi
馬地

□**春天**
le printemps
旁東

□**週三**
le mercredi
梅可地

□**夏天**
l'été
ㄟ電

□**週四**
le jeudi
遮地

□**秋天**
l'automne
歐洞門

□**週五**
le vendredi
放陀地

□**冬天**
l'hiver
一非

□一月

janvier

壓斐耶

□七月

juillet

淤裡業

□二月

février

菲薄耶

□八月

août

奧特

□三月

mars

媽撕

□九月

septembre

些瀑通伯

□四月

avril

阿飛爾

□十月

octobre

歐克拖博

□五月

mai

妹

□十一月

novembre

諾菲薄

□六月

juin

張望

□十二月

décembre

低欠博

三.身體的各個部位

□**身體**

le corps

估

□**鼻子**

le nez

捏

□**臉部**

le visage

非殺機

□**嘴巴**

la bouche

布需

□**頭**

la tête

跌特

□**嘴唇**

la lèvre

列佛

□**眼睛**

l'œil

婀以爾

□**牙齒**

la dent

□**耳朵**

l'oreille

喔雷爾

□**肩膀**

l'épaule

ㄟ破了

□胸部

la poitrine

波頓

□腳

le pied

皮也

□手臂

le bras

罷

□手指

le doigt

多挖

□手

la main

曼

□腹部

le ventre

風特

□腿

la jambe

鍾伯

□脖子 / 頸子

le cou

估

□膝蓋

le genou

葛努

□頭髮

le cheveu

薛佛

四.人物的稱呼

□你
tu
度

□它
ça
沙

□我
je
者

□父親
le père
配喝

□他
il
依

□母親
la mère
妹喝

□她
elle
ㄟ勒

□兒子
le fils
費一絲

□您
vous
舞

□女兒
la fille
費而

□兄弟
le frère
費喝

□丈夫
le mari
馬力

□姊妹
la sœur
色

□妻子
la femme
法麼

□祖父
le grand-père
國 配喝

□父母
les parents (pl.)
趴龍

□祖母
la grand-mère
國 妹喝

□孩子
l'enfant
翁風

□孫子
le petit-fils
婆踢 非

□叔叔
l'oncle
翁課

□孫女
la petite fille
婆踢 非而

□阿姨
la tante
燙特

五.職業的說法

□**公職人員**

le fonctionnaire

風課西翁念

□**廚師**

le cuisinier

哭西你耶

□**農夫**

l'agriculteur

阿鬼哭特

□**計程車司機**

le chauffeur de taxi

薛佛 德 貼西

□**工人**

le travailleur

他外兒

□**士兵**

le soldat

所達

□**售貨員、店員**

le vendeur

奉得

□**警察**

le policier

波裡西耶

□**空姐**

la hôtesse de l'air

或貼斯 德 列而

□**女理髮師**

la coiffeuse

垮佛司

□**女秘書**

la secrétaire

些潰貼

□**播音員**

le disc-jockey

力司課 就提

□**飛機駕駛員**

le pilote

批羅特

□**舞者**

le danseur

通色

□**機械工人**

le mécanicien

每看你吸煙

□**園藝工人**

le jardinier

家當你耶

□**工程師**

l'ingénieur

喪局你而

□**家庭主婦**

la ménagère

妹拿竭

□**會計員**

le comptable

恐踏伯勒

□**退休的人**

le retraité

喝推

六.感情的表現

□歡喜的
joyeux (adj.)

揪裡惡

□害怕的
craintif
(adj.)

康替夫

□狂怒的
furieux (adj.)

夫裡惡

□滿意的
satisfait
(adj.)

殺提司非

□哀傷的
triste (adj.)

退司

□煩躁的
ennuyeux
(adj.)

翁弩惡

□高興的
heureux
(adj.)

喝勒斯

□擔心的
soucieux
(adj.)

蘇熙娥

□ **失望的**

déçu (adj.)

跌蘇

□ **嫉妒的**

jaloux (adj.)

家魯

□ **快活的**

enjoué (adj.)

翁珠蕾

□ **熱的**

chaud (adj.)

秀

□ **惱怒的**

fâché (adj.)

發雪

□ **冷的**

froid (adj.)

服阿

□ **沮喪的**

déprimé
(adj.)

跌皮沒

□ **涼的**

frais (adj.)

服雷

七.世界各國

□**法國**
la France

逢司

□**美國**
les Etats-Unis (pl.)

先塔污泥

□**德國**
l'Allemagne

阿雷慢了

□**中國**
la Chine

吸了

□**俄國**
la Russie

陸斯

□**日本**
le Japon

鴉繡

□**英國**
l'Angleterre

骯格列貼喝

□**比利時**
la Belgique

別幾課

□**奧地利**
l'Autriche

凹退需

□**丹麥**
le Danemark

丹勒馬

□**義大利**

l'Italie

義大利

□**瑞士**

la Suisse

司威得

□**荷蘭**

la Hollande

活藍

□**西班牙**

l'Espagne

ㄟ斯幫

□**波蘭**

la Pologne

波龍葛

□**土耳其**

la Turquie

圖其

□**葡萄牙**

le Portugal

婆兔家

□**加拿大**

le Canada

加拿大

□**瑞典**

la Suède

司威斯

□**阿根**

l'Argentine

阿真提勒

八.衣服、飾品

□**衣服**

le vêtement

威ㄊ蒙

□**T恤**

le T-shirt

T恤

□**大衣**

le manteau

慢頭

□**連衣裙**

la robe

蘿蔔

□**夾克**

le blouson

不魯鬆

□**女上衣**

le chemisier

些密洗耶

□**整套男西服**

le complet

恐配

□**襯衫**

la chemise

薛蜜斯

□**套頭毛衣**

le pullover

撲歐佛

□**褲子**

le pantalon

碰達龍

□牛仔褲
le jean
金

□襪子
la chaussette
修謝

□內衣褲
le sous-vête-ment
蘇 威ㄊ蒙

□眼鏡
les lunettes (pl.)
率鎳特

□胸罩
le soutien-gorge
蘇提厭 國

□戒指
la bague
罷格

□裙子
la jupe
揪撲

□圍巾
l'écharpe
ㄟ下普

□鞋子
la chaussure
消序喝

□手套
le gant
剛

23

□**帽子**

le chapeau

下坡

□**手錶**

la montre

蒙特

□**領帶**

la cravate

喀襪特

□**時髦的**

chic

序克

□**腰帶**

la ceinture

抗兔

□**貴的**

cher

血喝

□**項鍊**

le collier

闊裡耶

□**便宜的**

bon marché

砰 馬靴

□**包包**

le sac

薩克

□**高雅的**

élégant

ㄟ列工

九.生活用品

□鑰匙
la clé

課雷

□身份證
**la carte
d'identité**

卡特 敵顛西貼

□太陽眼鏡
**les lunettes de
soleil (pl.)**

路雷 德 所累

□學生證
**la carte
d'étudiant**

卡特 ㄟ都敵翁

□隱形眼鏡
**les lentilles
(pl.)**

郎提耶

□指甲剪
**la pince à on-
gles**

旁司 阿 握格

□口罩
le masque

罵司科

□口紅
**le rouge à
lèvres**

戶局 阿 列佛

□指甲油
le vernis à on-
gles
非你 阿 握格

□衣架
le cintre
喪特

□香水
le parfum
爬風

□曬衣夾子
la pince à linge
胖司 阿 朗局

□手帕
le mouchoir
木需師瓦

□筷子
la baguette
八給

□衛生棉
le protège-slip
婆貼居 使力批

□刀
le couteau
哭兜

□體重機
la balance
八朗斯

□叉子
la fourchette
夫雪

□打火機
le briquet
不理課ㄟ

□湯匙
la cuillère
哭裡耶

十.房間、家具

□**房間**
la chambre
千門

□**工作室**
le bureau
布淤落

□**客廳**
le salon
沙龍

□**鍾**
l'horloge
窩落格

□**飯廳**
la salle à manger
殺 阿 蒙決

□**沙發**
le canapé
卡那呸

□**臥室**
la chambre
à coucher
兄伯 阿 哭雪

□**燈**
la lampe
郎婆

□地毯
le tapis
塔皮

□門
la porte
波

□架子
l'étagère
ㄟ塔決

□地板
le plancher
撲龍雪

□櫥櫃
l'armoire
阿麻挖

□屋頂
le toit
大喝

□鏡子
le miroir
密挖

□天花板
le plafond
普拉風

□窗戶
la fenêtre
佛鎳特

□牆壁
le mur
幕

□冷氣機

le climatiseur

課林馬蹄澀

□棉被

la couver-ture

庫肥禿淤

□電風扇

le ventila-teur

凡替拉特

□五斗櫃

la commode

空摩德

□廚房

la cuisine

哭新勒

□鬧鐘

le réveil

雷為業

□床

le lit

梨

□百葉窗

le store vénitien

使拖 費泥提煙

□枕頭

l'oreiller

歐雷耶

□簾幔

le rideau

利多

□窗玻璃
le carreau
卡落

□烤箱
le four
服歐

□海報
l'affiche
阿飛需

□烤麵包機
le grille-pain
幾噁 辦

□垃圾桶
la poubelle
撲被樂

□水壺
la bouilloire
不一襪阿

□爐子
la cuisinière
哭新泥耶

□咖啡機
la cafetière
咖啡提耶喝

□抽油煙機
la hotte
歐特

□冰箱
le frigo
費果

□微波爐
le four
micro-ondres
服歐 阿 米可甕得

□平底鍋
la casserole
卡司落樂

十一.辦公用品，文具

□電腦

l'ordinateur

歐敵那特

□鍵盤

le clavier

克拉威爺

□手提電腦

le notebook

諾特不課

□硬碟

le disque dur

地撕課 度

□網路

l'internet

骯特念

□光碟

le CD-rom

切跌 落母

□螢幕

l'écran

ㄟ康

□磁碟片

la disquette

地撕科

□滑鼠

la souris

蘇力

□印表機

l'imprimante

骯陪蒙

□網頁
le site
細

□鉛筆
le crayon
潰擁

□電子郵件
le courrier électro-
nique
哭裡業 ㄟ列通你課

□原子筆
le stylo
使地落

□電子郵件地址
l'adresse élec-
tronique
阿對司 ㄟ列通你課

□彩色筆
le crayon
de couleur
潰擁 德 哭勒

□電腦病毒
le virus
威乳是

□水彩筆
le pinceau
拼索

□紙
le papier
怕皮耶

□尺
la règle
列葛

□圓規
le compas
恐怕

□橡皮擦
la gomme
共門

□筆記本
le cahier
嘎業

□立可白
le correcteur liquide
課雷課特 雷課依得

□釘書機
l'agrapheuse
阿嘎拉佛斯

□削鉛筆機
le taille-crayon
太 潰擁

□釘書針
l'agraphe
阿掛佛

□剪刀
les ciseaux
(pl.)
西縮

□**迴紋針**

le trombone

通砰

□**資料夾**

le dossier

多西耶

□**膠水**

la colle

闊樂

□**計算機**

la calcula-
trice

摳庫拉推斯

羅浮宮前的透明金字塔

十二.生活常用動詞

□吃
manger (v.)
蒙決

□聞
sentir (v.)
鬆替喝

□喝
boire (v.)
不阿

□笑
rire (v.)
力喝

□看
voir (v.)
挖

□唱歌
chanter (v.)
商貼

□聽
écouter (v.)
ㄟ哭貼

□給
donner (v.)
東內

□聽到
entendre (v.)
翁洞德

□等
attendre (v.)
阿東德

□ **懂**

comprendre (v.)

恐碰得

□ **選擇**

choisir (v.)

師往係喝

□ **跳舞**

danser (v.)

東些

□ **說**

parler (v.)

八雷

□ **想**

penser (v.)

崩些

□ **忘記**

oublier (v.)

屋臂力耶

□ **相信**

croire (v.)

垮

□ **推**

pousser (v.)

撲些

□ **寫**

écrire (v.)

ㄟ課依喝

□ **拉**

tirer (v.)

踢類

□擺動
balancer (v.)
八浪些

□走去
aller (v.)
阿雷

□搖
secouer (v.)
色虧

□跑步
courir (v.)
哭裡

□跳
sauter (v.)
縮貼

□起來
se lever (v.)
色 雷為

□過來
venir (v.)
威你

□坐下
s'asseoir (v.)
殺司瓦

十三.生活常用形容詞及副詞

□高的
grand (adj.)
共

□英俊的
beau (adj.)
撥

□嬌小的
petit (adj.)
婆踢

□醜的
laid (adj.)
累的

□胖的
gros (adj.)
國斯

□老的
vieux (adj.)
非也斯

□強壯的
fort (adj.)
佛

□年輕的
jeune (adj.)
腫勒

□瘦的
mince (adj.)
面斯

□漂亮的
joli (adj.)
揪力

□可愛的
mignon
(adj.)

米格諾

□藍色的
bleu (adj.)

伯勒

□紅色的
rouge (adj.)

互局

□紫色的
violet (adj.)

飛歐雷

□橘色的
orange
(adj.)

歐蘭菊

□黑色的
noir (adj.)

諾華

□黃色的
jaune (adj.)

重勒

□白色的
blanc (adj.)

不龍克

□綠色的
vert (adj.)

會特

□三角形的
triangulaire
(adj.)

翠安估壘

□四角形的
rectangulaire (adj.)
略湯估累

□淺的
bas (adj.)
八

□圓形的
rond (adj.)
龍

□深的
profond (adj.)
婆風

□遠
loin (adv.)
浪

□快的
rapide (adj.)
哈闊

□近
près (adv.)
吭

□慢的
lent (adj.)
龍

□空的
vide (adj.)
威的

□聰穎的
intelligent (adj.)
航貼力重

□完滿的
plein (adj.)
婆朗

十四.進餐

□早餐

le petit déjeuner

婆提 跌照鎳

□午餐

le déjeuner

跌照鎳

□吃晚餐

le dîner

丁鎳

□牛排

le bifteck

必貼課

□沙拉

la salade

沙拉得

□魚

le poisson

撥鬆

□漢堡

le hamburger

骯柏葛

□三明治

le sandwich

三威區

□蛋

l'œuf

惡夫

□米飯

le riz

力

□ **麵條**

la nouille

怒易

□ **義大利麵**

le spaghetti

使八給提

□ **香腸**

la saucisse

縮西司

□ **火腿**

le jambon

中砰

□ **雞肉**

le poulet

撲雷

□ **肋肉排**

la côtelette

闊特雷特

□ **培根**

le bacon

爸空

□ **麵包**

le pain

棒

□ **吐司**

le pain grillé

棒 嘎疊

□ **可麗餅**

la crêpe

課雷撥

□ **蛋糕**

le gâteau

尬多

□ **乳酪**

le fromage

佛罵句

□冰淇淋

la glace

葛拉司

□茶

le thé

屉

□巧克力

le chocolat

修摳辣

□柳橙汁

le jus d'orange

居 多籃局

□水

l'eau

歐

□可樂

le coca

摳卡

□礦泉水

l'eau mi-nérale

歐 密疊拉勒

□牛奶

le lait

列

□咖啡

le café

卡非

□啤酒

la bière

比業

十五.漫步街頭

□**商店**
le magasin
媽嘎喪

□**醫院**
l'hôpital
羅比踏

□**超級市場**
le super-
marché
蘇婆馬謝

□**電影院**
le cinéma
西鎳馬

□**食品店**
l'épicier
ㄟ批西也

□**劇場**
le théâtre
貼阿特

□**麵包店**
la boulange-
rie
不朗折力

□**學校**
l'école
ㄟ闊勒

□**大學**
l'université
屋你斐色貼

□**水果店**
le marchand de fruits
馬兄 德 福淤

□**書店**
la librairie
力臂力

□**花店**
le fleuriste
福勒利斯特

□**玩具店**
le magasin de jouets
媽嘎喪 德 珠維

□**服飾店**
le magasin de vêtements
媽嘎喪 德 威疵蒙

□**藥房**
la pharma-cie
發馬戲

□**唱片行**
le disquaire
第斯凱兒

□**游泳池**
la piscine
批希勒

□**洗衣店**
le pressing
陪新

□**肉舖**

la boucherie

不雪力

□**工廠**

l'usine

屋性能

□**舞廳**

la discothèque

敵斯可貼

□**教堂**

l'église

ㄟ葛立斯

□**博物館**

le musée

莫謝

□**警察局**

la gendarmerie

剛達魅力

奧賽美術館

十六.地理位置

□東方的

est

ㄟ斯特

□右邊

droite

都阿特

□西方的

ouest

屋ㄟ斯特

□這裡

ici

依稀

□南方的

sud

蘇

□那裡

l -bas

啦 爸

□北方的

nord

諾得

□在裡面

dans

東

□左邊

gauche

夠需

□在上面

sur

蘇

□在上方
au-dessus de
凹 德蘇 德

□在之後
après
阿呸

□在下面
sous
蘇

□經過
par
八

□在周圍
autour de
凹兔 德

□在之間
entre
翁特

□在前面
devant
得翁

□向著
vers
費

□在後面
derrière
得逆業喝

□往
pour
普

十七.運動、消遣

□**棒球**

le base-ball

背斯巴

□**網球**

le tennis

天你斯

□**籃球**

le basket

巴使課ㄟ

□**慢跑**

le jogging

捉跟依

□**羽球**

le badminton

八德米東

□**高爾夫球**

le golf

果夫

□**桌球**

le tennis de table

天你撕 德 踏伯勒

□**足球**

le football

付八

□**排球**

le volley-ball

握列 八

□**保齡球**

le bowling

撥林

□**撲克牌**

le poker

撲克

□**繪畫**

peindre(v.)

胖得

□**西洋棋**

les échecs

ㄟ薛

□**游泳**

nager(v.)

那決

□**閱讀**

lire(v.)

力喝

□**玩球**

jouer au ballon
(v.)

珠ㄟ 凹 八龍

□**唱歌**

chanter(v.)

兄貼

□**郊遊**

faire de la
randonnèe(v.)

費 德 拉 紅東鎳

□**跳舞**

danser(v.)

東謝

□**攝影**

faire de la
photo(v.)

費 德 拉 佛陀

十八.疼痛的說法

□感冒

le rhume

率磨

□便秘

la
constipation

空斯替怕係翁

□發燒

la fièvre

扉頁喝

□腹瀉

la diarrhée

地壓疊

□疼痛

la douleur

都樂

□過敏

l'allergie

阿疊局

□頭暈

le vertige

匪替格

□心臟病

la cardiopathie

卡底歐爬細

□癌症

le cancer

康謝兒

□嘔吐

vomir (v.)

握密而

□扭傷

l'entorse

骯拓色

□打噴嚏

éternuer (v.)

ㄟ貼弩耶

□近視

la myopie

沒有批

□嚴重的

grave (adj.)

掛

□流行性感冒

la grippe

葛利婆

□疼痛的

douloureux (adj.)

魯勒

□咳嗽

tousser (v.)

土些

□健康的

valide (adj.)

挖裡

□生病的

malade

(adj.)

馬拉得

□感冒的

enrhum

(adj.)

阿率美

□受傷的

bless (adj.)

背類些

□虛弱的

infirme

(adj.)

骯佛母

學法文去法國旅遊

十九.交通

□汽車
la voiture
挖禿

□吉普車
la jeep
吉普

□機車
la moto
模拖

□公車
l'autobus
老脫布斯

□腳踏車
la bicy-
clette
逼西克雷克

□卡車
le camion
卡米翁

□三輪車
le tricycle
吹西摳

□救護車
l'ambulance
阿撥溜恩司

□計程車
le taxi
他戲

□火車
le train
燙

□船
le bateau
八拓

□高速公路
l'autoroute
凹拖路

□飛機
l'avion
阿非翁

□車道
la voie
瓦

□直昇機
l'hélicoptère
些列闊撤貼爾

□人行道
le trottoir
拖塔

□道路
le chemin
雪慢

□路燈
le lampadaire
郎趴跌喝

□街
la rue
率

□十字路口
le carrefour
卡爾夫

□巷子
l'allée
阿壘

□紅綠燈
le feu rouge
佛 戶局

二十.文化、藝術

□繪畫
la peinture

胖兔

□畫家
le dessina-teur

低喪那兔

□展覽
l'exposition

ㄟ斯破奚兄

□電影院
le cinéma

西錦馬

□畫廊
la galerie

嘎勒利

□影片
le film

分

□藝術家
l'artiste

阿替斯特

□導演
le réalisa-teur

雷阿立殺得

□首映
la première
呸密業

□戲劇
le drame
大門

□演員
l'acteur
阿特

□舞台
la scène
線能

□觀眾
le spectateur
司背塔課勒

□音樂
la musique
慕西課

□表演
le spectacle
司背塔課樂

□歌曲
la chanson
兄送

□劇本
la pièce
批耶司

□音樂會
le concert
恐切

□**文學**
la littéra-
ture
力貼拉兔

□**讀者**
le lecteur
列課特

□**作家**
l'écrivain
ㄟ潰方

□**編輯**
le rédacteur
雷打課

艾菲爾鐵塔

基本會話

一.常用招呼

■您好！/你好！

Bonjour!
崩竹

■晚上好！

Bonsoir!
崩師瓦

■晚安！

Bonne nuit!
崩呢欲

■哈囉！

Salut!
殺魯

■你好嗎？

Ça va?
殺瓦

■再見。

Au revoir.
凹 喝瓦

■我很好。

Ça va bien.
殺 瓦 逼央

■明天見。

À demain.
阿 得慢

■待會見。

À la prochaine.
阿 拉 婆宣

■請。

S'il vous plaît.
西 屋 瀑雷

二.感謝及道歉

■謝謝！

Merci!
梅西

■多謝！

Merci beaucoup!
梅西 撥哭

■不謝。

De rien.
德 西演

■抱歉！

Excusez-moi.
依克斯摳淤司謝 馬

■沒關係。

Ce n'est pas grave.
捨 碾 八 嘎夫

三.肯定與否定

■好。

Oui.
威

■我同意。

Je suis d'accord.
著 思維 達闊

■不，不是。

Non.
弄

■沒錯。

C'est vrai.
些 會

■我不知道。

Je ne sais pas.
著 勒 寫 八

四.詢問

■您叫什麼名字

Comment vous vous appelez?
恐夢 服 服 殺撥雷

■您幾歲了？

Quel âge avez-vous?
給 辣局 阿威 服

■您的職業是什麼？

Qu'est-ce que vous faites dans la vie?
給司 克 服 費 東 啦 威依

■您從哪裡來？

D'où venez-vous?
威鎳 屋

■現在幾點了？

Quelle heure est-il?
給 勒 ㄟ 替

五.介紹

■我叫蘇菲。

Je m'appelle Sophie.

著 馬背 蘇菲

■幸會。

Enchanté.

翁兄貼

■我是法國人。

Je suis français.

著 思維 逢謝

■我是學生。

Je suis étudiant.

著 思維 ㄟ 敵翁

■我二十歲。

J'ai vingt ans.

傑 旺 冬

六.邀約

■你哪時有空？

Quand est-ce que tu seras libre?
共 ㄟ 斯 克 度 色拉 力柏

■我邀請你去看歌劇。

Je t'invite à l'opéra.
著 東威依 阿 落撒啦

■週六一起吃晚餐好嗎？

Je t'invite à dîner samedi?
著 東威依 阿 丁鎳 喪畝地

■你這個禮拜天有空嗎？

Tu es libre ce dimanche?
嘟 ㄟ 力柏 色 敵夢需

■週末去旅行好嗎？

On va faire un tour ce week-end?
翁 挖 費 骯 吐喝 色 威 砍

■下午一起去喝下午茶好嗎？

On prend le thé ensemble cet après-midi?

翁 砰 勒 貼 翁鬆不勒 些 搭撇密敵

■今晚來我家吃飯好嗎？

Tu viens dîner chez moi ce soir?

度 威嚴 丁鎳 薛 罵 色 司瓦

■今晚去看電影好嗎？

On va au cinéma ce soir?

翁 挖 凹 西鎳馬 色 司瓦

■謝謝你的邀請。

Merci pour ta proposition.

滅西 撲 搭 波破係翁

■不行，今晚，我已經有約了。

Non, ce soir, J'ai un rendez-vous.

弄 色 司瓦 傑 骯 房地無

七.拜訪朋友

■請進！

Entrez!
翁推

■請坐！

Asseyez-vous!
阿些耶 服

■這是給您的一點小禮物。

C'est un petit cadeau pour vous.
些 當 婆提 嘎兜 部 服

■請用茶和小蛋糕。

Prenez du thé et des gâteaux.
婆 鎳 貼ㄟ 跌 卡多

■謝謝您的招待。

Merci pour votre accueil.
滅席 撲 握特 阿可亦爾

八.祝賀

■生日快樂！

Bon anniversaire!
崩 哪裡瓦謝

■聖誕快樂！

Joyeux Noël!
只挖餓死 諾ㄟ爾

■新年好！

Bonne année!
崩能 那鎳

■假期愉快！

Bonnes vacances!
繃能 挖鋼絲

■旅途平安！

Bon voyage!
崩 握壓句

■祝你玩得愉快！

Amuse-toi bien!
阿謬司 塔 比洋

■祝你好運！

Bonne chance!
崩勒 雄司

■週末愉快！

Bon week-end!
崩 威砍

■祝你成功！

Je te souhaite de réussir!
著 德 司為貼 德 雷烏溪

■祝你幸福！

Je te souhaite d'être heureux!
著 德 司威 跌特 喝樂

■祝你工作順利！

Bonne chance pour ton travail!
崩 兄撕 餔 通 他歪爾

進入法國

在飛機內
1.找座位及進餐

■我的座位在哪裡？

Où est ma place?

屋 ㄟ 媽 瀑拉斯

■我想換座位。

Je veux changer de place.

著 握 兄決 得 瀑拉斯

■請給我一杯礦泉水，好嗎？

Est-ce que je peux avoir de l'eau minérale, s'il vous plaît?

ㄟ斯 克 著 婆 阿挖 德 漏 米你辣勒 西 屋 瀑雷

■請給我魚，好嗎？

Du poisson, s'il vous plaît?

都趴鬆 西 屋 瀑雷

■請給我一杯咖啡，好嗎？

Un café, s'il vous plaît?
骯 咖啡 西 屋 瀑雷

■請給我一杯蘋果汁，好嗎？

Donnez-moi un verre de jus de pom-me, s'il vous plaît？
東鎮木阿 骯 威喝 德 珠司 德 砰悶 西 屋 瀑雷

在飛機內
2.跟鄰座的乘客聊天

■您會說英語嗎？

Vous parlez anglais?
屋 八喝雷 鬆格列

■您會說法語嗎？

Vous parlez français?
屋 八喝雷 逢謝

■您是哪裡人？

D'où venez-vous?
都威鎮 服

■你要去哪裡？

Vous allez où?
服 阿列 屋

■不好意思，借過一下。

Pardon, je veux passer.
趴東 著 窩 趴謝

在飛機內
3.跟空姐聊天

■我們何時到達？

Quand arrive-t-on?
共 阿西佛 東

■我們要飛多久？

Combien de temps durera le vol?
恐比洋 德 東 嘟ㄟ拉 勒 握

■我們飛行速度有多快？

À quelle vitesse volons-nous?
阿 給 威貼司 握龍 努

■我能解開安全帶嗎？

Je peux détacher la ceinture de sécurité?

著 撥 跌踏雪 拉 鬆吐 德 些哭力貼

■我感覺不舒服。

Je me sens mal.

著 麼 鬆 馬

■請給我一條毛毯，好嗎？

Est-ce que je peux avoir une couverture, s'il vous plaît?

ㄟ 司 克 著 柏 阿挖 淤 哭為吐 西 屋 瀑雷

■有中文報紙嗎？

Il y a des journaux chinois?

跌 珠鬧 吸納

■耳機壞掉了。

L'écouteur est cassé.

列庫特 ㄟ 嘎些

■飛機上有什麼電影可以看嗎？

Il y a quels films?

依 利 亞 給 分母

在機場
1.入境及通關

■請給我您的護照。

Votre passeport, s'il vous plaît.
握特 怕撕破特 西 屋 瀑雷

■您來法國的目的是什麼？

Pour quelle raison venez-vous en France?
撲 給 雷鬆 威錦 服 鬆 逢斯

■您要在法國停留多久？

Combien de temps voulez-vous rester en France?
孔碧陽 德 東 屋雷 屋 雷司貼 翁 逢斯

■您此行的目地是什麼？

Quel est le but de votre voyage?
給 列 勒 播淤 德 窩特 窩壓句

■我是為了商業考察而來法國。

Je suis en voyage d'affaires.
著 思維 鬆 窩壓句 達飛爾

■我來法國旅遊。

Je suis touriste.
著 司威 突力斯特

■我來法國學習語言。

Je suis venu en France pour apprendre la langue.
著 司威 威怒 翁 逢斯 撲 阿碰德 拉 弄格

■我在這邊停留一週。

Je reste une semaine ici.
著 列斯特 淤 色慢勒 依稀

■有東西要申報嗎？

Quelque chose à déclarer?
給課 修司 阿 跌克拉列

■這些是私人物品。

Ce sont des affaires personnelles.
色 鬆跌 沙飛爾 瞥鬆鎳

■我找不到我的行李。

Je ne trouve pas ma valise.
著 勒 吐夫 八 媽 挖力司

在機場
2.在機場服務台

■服務台在哪？

Où est l'accueil?
屋 ㄟ 拉課ㄟ爾

■轉機櫃臺在哪？

Où est l'accueil pour les correspon-dances?
屋 ㄟ 拉課ㄟ爾 撲 列 闊略斯砰東

■我找不到我的行李。

Je ne trouve pas mes bagages.
著勒 吐夫 八 沒 八嘎局

■寄物櫃在哪？

Où est la consigne automatique?
屋 ㄟ 拉 恐系勒 凹陀碼替課

■行李推車在哪？

Où puis-je trouver un chariot pour les bagages?

屋 瀑率 著 突圍 航 殺裡歐 撲 列 八嘎局

■計程車在哪裡可以搭？

Où sont les taxis?

屋 鬆 列 貼西

■車站在哪裡？

Où est la gare?

屋 ㄟ 拉 嘎喝

■公車站在哪？

Où est l'arrêt de bus?

屋 ㄟ 拉列特 德 布斯

■下班公車哪時候到？

Quand est le prochain bus?

共 ㄟ 勒 婆宣 布斯

在機場
3.兌換錢幣

■兌換所在哪裡？

Où est le bureau de change?
污 ㄟ 勒 布羅 德 兄句

■我想要換錢。

Je veux changer.
著 窩 兄決

■我想要兌換這些旅行支票。

Je voudrais changer ces chèques de voyage.
著 屋堆 兄決 些 血課 德 窩亞局

■匯率是多少？

Quel est le taux?
給 列 勒 掏

■手續費多少？

Combien est la commission?
孔碧陽 ㄟ 拉 恐密損

在旅館

在旅館
1.預約

■還有空房嗎？

Est-ce que vous avez une chambre?
ㄟ 斯 克 巫 沙為 淤 商柏

■我想要訂一間房。

Je voudrais réserver une chambre.
熱 屋推 雷色威 淤 商柏

■我想要訂間單人房。

Je voudrais une chambre pour une personne.
熱 屋推 淤 商柏 撲 淤 瞥鬆能

■我想要一間有浴室的雙人房。

Je veux une chambre double avec salle de bain.
著 屋推 淤 商柏 度布勒 阿威 殺 德 辦

■今晚有空床位嗎？

Vous avez un lit libre pour ce soir?
服 殺威 骯 力 力伯勒 撲 色 司瓦

■一晚的住宿費是多少？

C'est combien par nuit?
些 恐比洋 八 怒淤依

■住一天要多少錢？

C'est combien le prix par jour?
些 孔碧陽 勒 批司 八 珠

■我二十分以內到旅館來。

J'arriverai à l'hôtel dans vingt min-utes.
夾吸附雷 啊 落貼勒 東 汪 瞇女ㄊ

在旅館
2.住宿及客房服務

■我訂了一間房間。

J'ai réservé une chambre.
傑 雷色威 淤 商柏

■我想要一間安靜的房間。

Je voudrais une chambre calme.
著 屋堆 淤 商柏 抗門

■沒有別間房了嗎？

Vous n'avez pas une autre chambre?
服 哪威 八 淤 凹特 商柏

■現在可以登記住房嗎？

Est-ce que je peux signer le registre maintenant?
ㄟ斯 克 著 波 新鎳 勒 雷記斯特 慢特濃

■您要住幾天？

Combien de jours voulez-vous rester?
孔碧陽 德 朱喝 屋累 服 雷司貼

■我要住這間房。

Je prends cette chambre.
著 砰 謝特 商柏

■我的房間在幾樓？

À quel étage est ma chambre?
阿 給 ㄟ踏居 ㄟ 媽 商柏

■我的房間號碼是幾號？

Quel est le numéro de ma chambre?

給 ㄟ 勒 怒沒落 德 馬 商柏

■緊急逃生出口在哪裡？

Où sont les sorties de secours?

屋 鬆 列 所踢 德 色褲

■可以幫我提行李嗎？

Vous pouvez faire monter mes bagages?

服 撲威 費 蒙貼 每 八嘎局

在旅館
3.客房服務

■我想要在房間裡面用餐。

Je voudrais un service de repas dans la chambre.

著 屋堆 骯 色威斯 德 喝怕 東 拉 商柏

■請送兩份三明治。

Apportez-nous deux sandwichs, s'il vous plaît.

阿婆貼 努 德 山威句 西 屋 瀑雷

■請送冰塊到我房間來。

Envoyez-moi des glaçons dans ma chambre, s'il vous plaît.

翁挖業 碼 跌 葛拉鬆 東 馬 商柏 西 屋 瀑雷

■幾點開始供應早餐？

À quelle heure est le petit dèjeuner?

阿 給 勒 ㄟ 勒 波提 跌重鎳

■餐廳在哪裡？

Où est la salle à manger?

屋 ㄟ 拉 撒 阿 蒙決

■有網際網路可以使用嗎？

Je peux utiliser internet?

著 婆 屋踢力些 喪特鎳

■我可以寄電子郵件嗎？

Je peux envoyer un e-mail?
著 柏 翁挖爺 骯 依妹兒

■房間裡有沐浴乳嗎？

Y a-t-il de la crême de douche dans la chambre?
壓 踢勒 德 拉 潰母 德 嘟雪 東 拉 商柏

■您可以幫我多拿一條毛巾嗎？

Pourriez-vous me donner encore une serviette?
撲綠葉 夫 摸 東鎳 翁扣 淤 色威耶

■床單髒了。

La literie est sale.
拉 力特裡 ㄟ 殺勒

■可以多給我一條毯子嗎？

Puis-je avoir une couverture supplé-mentaire?
撲淤 著 阿挖 淤 恐威吐 色普雷蒙貼喝

■可以看有線電視嗎？

Y a-t-il la télévison câblée?

壓 踢勒 拉 貼列威西翁 卡不雷

■有人留言給我嗎？

J'ai des messages?

傑 跌 妹殺居

■我可以把行李放在寄放處嗎？

Je peux laisser les valises à la con-signe?

著 撥 列謝 列 挖力斯 阿 拉 口信

■在房間可以打國際電話嗎？

On peut appeler l'étranger depuis la chambre?

翁 波 他波雷 雷通覺 跌撲淤 啦 商柏

■明早請叫我，謝謝。

Réveillez-moi demain matin, s'il vous plaît.

列為耶 木阿 德曼 西 屋 瀑雷

■我對我的房間不滿意。

Je ne suis pas content de ma chambre.

著 勒 思維 八 空洞 德 媽 商柏

■我想要換房，可以嗎？

Je veux changer de chambre, s'il vous plaît.

著 窩 兄 德 拉 商柏 西 屋 瀑雷

在旅館
4.在旅館遇到麻煩

■沒有熱水。

Il n'y a pas d'eau chaude.

依 你 啞 巴 多 羞

■沒辦法看到有線電視。

Je ne reçois pas les chaines de télévision.

著 勒 喝斯挖 爸 列 選 德 貼列威西翁

■浴室的燈壞了。

La lumière des toilettes est cassé.
拉 路米爺 跌 突阿列特 ㄟ 嘎些

■我的房間太吵了。

Il y a trop de bruit.
依 理 雅 拖 德 布淤

■我的鑰匙留在房間裡。

Ma clef est dans la chambre.
媽 課雷 ㄟ 東 拉 商柏

■沒有衛生紙了。

Il n'y a pas de papier toilette.
依 你 啞 巴 德 趴闢耶 拖阿列特

■電梯在哪裡？

Où est l'ascenseur?
屋 ㄟ 拉鬆色

在旅館
5.退房

■我明天早上很早的時候就要離開。

Je partirai tôt demain matin.
著 趴替雷 偷 德曼 馬當

■何時必須付款呢？

Quand dois-je régler la note?
共 搭 著 雷嘎雷

■現在可以付款嗎？

Je peux régler la note maintenant?
著 撥 雷嘎壘 拉 諾特 慢特濃

■請您看一下帳單。

Voici la note.
挖西 拉 諾特

■一定只能付現嗎？

Je dois régler en espèce?
著 搭 雷給雷 翁 ㄟ斯配斯

■可以用信用卡付款嗎？

Je peux payer avec la carte de crédit?
著 波 配耶 阿威 拉 卡特 德 潰提

■我很滿意您們的客房服務。

Je suis content de votre service de chambre.
著 司威 空洞 德 握特 色威 德 商柏

巴黎的摩天輪

在餐廳

在餐廳
1.電話預約

■這邊有什麼好的餐廳嗎？

Il y a un bon restaurant ici?
斻 崩 雷斯特輪 依稀

■明天還有位置可以預約嗎？

Il y a encore des places pour demain?
依 理 雅 翁扣 跌 撲辣司 撲 德曼

■我想要預約位子。

Je veux réserver.
著 窩 雷色威

■靠窗的座位可以嗎？

Un table près de la fenêtre vous convient?
斻 踏布勒 瞥 德 拉 佛鎳特 夫 恐非擁

■我想要坐角落的座位。

J'aimerais une place dans le coin.
傑母瑞 淤 撲辣司 東 勒 匡

■我希望可以坐在不吸煙區。

Je veux les places non fumeur.
著 窩 列 撲辣司 濃 夫摸

■我會遲到二十分鐘。

Je serai en retard de 20 minutes.
著 色雷 翁 喝達 德 翁 睇女特

在餐廳
2.到餐廳

■您有預約嗎？

Vous avez réservé?
服 殺威 雷色威

■我預約了七點的位置。

J'ai réservé à sept heures.
傑 雷色威 啊 些撲 德

■您們幾位？

Vous êtes combien?
屋 些 孔碧陽

■有空位嗎？

Il y a des places libres?
依 理 雅 跌 瀑拉斯 力柏

■不好意思，暫時沒有位置。

Désolé, il n'y a pas de place pour le moment.
跌所累 依 你 啞 巴 德 撲辣司 餔 勒 謀謀

■我要等很久嗎？

Je dois attendre longtemps?
著搭 阿洞德 龍洞

在餐廳
3.叫菜

■請看我們的菜單！

Voici la carte!
挖西 拉 卡特

■您要什麼？

Qu'est-ce que je vous sers?
給司 克 著 服 色

■您要吃什麼？

Qu'est-ce que vous voulez manger?
給司 克 屋 屋疊 蒙決

■您想吃什麼？

Quelle cuisine voulez-vous?
給 哭新鎳 屋疊 屋

■您們的招牌菜是什麼菜？

Quels sont vos spécialités?
給 鬆 服 師被西阿裡貼

■有什麼好吃的可以推薦給我們吃嗎？

Qu'avez-vous à nous proposer?
卡威 服 阿努 波波些

■我還沒決定。

Je n'ai pas choisi.
著 年 八 刷洗

■我想要吃清淡一點的東西。

Je veux quelque chose de léger.
著 握 給課 秀司 德 列決

■我要吃今日特餐。

Je prendrai le plat du jour.
著 碰堆 勒 撲辣 珠

■主菜我要吃烤鮭魚。

Je voudrais un saumon grillé comme plat.
著 屋推 骯 稍夢 給列 空 撲辣

■一份三明治，一杯啤酒，謝謝。

Un sandwich et une bière, s'il vous plaît.
骯 三威序 ㄟ 蹲淤 畢業喝 西 屋 瀑雷

■我想要吃香草冰淇淋。

J'aimerais une glace à la vanille.
傑滅雷 淤 葛拉斯 阿 拉 挖逆勒

在餐廳
4.叫牛排

■我想要吃牛排。

Je voudrais un steak.
著 屋推 骯 使貼課

■您的牛排要幾分熟呢？

Comment voulez-vous votre bifteck?
恐夢 屋雷 服 握特 必夫貼課

■我的牛排要煮熟。

Je veux mon steak bien cuit.
著 握 蒙 使貼課 必洋 庫淤特

■我要一份帶血牛排，謝謝。

Un bifteck saignant, s'il vous plaît?
肮 必夫貼課 些吶 西 屋 瀑雷

在餐廳

在餐廳
5.進餐中

■祝您胃口好！

Bon appétit!
幫 拿配踢

■越吃會越想吃。

L'appétit vient en mangeant.
拉配踢 威嚴 通 蒙重

■我的刀子掉下去了。

Mon couteau est tombé.

蒙 庫多ㄟ 通被

■我沒有刀子。

Je n'ai pas de couteau.

著 碾 八 德 庫多

■再給我們一份餐具，好嗎？

Aj outez un couvert, s'il vous plaît?

阿珠貼 喪 枯萎 西 屋 瀑雷

■您要糖嗎？

Voulez-vous du sucre?

屋 烈 服 蘇克

■請把鹽傳給我。

Passez-moi du sel, s'il vous plaît.

趴些 媽 度 些爾 西 屋 瀑雷

■我沒有點這個菜。

Je n'ai pas commandé cela.

著 年 八 恐們跌 色拉

■我的沙拉還沒來。

Ma salade n'arrive pas.
媽 沙拉 那吸附 八

■在濃湯裡面有些什麼東西。

Il y a quelque chose dans la soupe.
依 理 雅 給課 秀司 東 拉 素婆

在餐廳
6.付帳

■麻煩結一下帳。

L'addition, s'il vous plaît.
拉地係翁 西 屋 瀑雷

■我應該給你多少？

Je vous dois combien?
著 服 搭 孔碧陽

■這是帳單。

Voici la note.
挖西 拉 諾特

■您們要分開付嗎？

Voulez-vous faire les additions séparément?

屋雷 服 費 列 沙地係翁 些瞥列蒙

■這是給你的小費。

C'est le pourboire.

些 勒 撲罷勒

在餐廳
7.在速食店

■這座位沒有人坐嗎？

Cette place est libre?

些特 瀑拉斯 ㄟ 力柏

■我可以坐在這裡嗎？

Je peux m'asseoir ici?

著 柏 馬色挖 依稀

■我要一根熱狗，謝謝。

Un hot dog, s'il vous plaît.

骯 哈 踱 西屋 瀑雷

■我要外帶，謝謝。

À emporter, s'il vous plaît.
阿 航婆貼 西 屋 瀑雷

■我想要個漢堡和一杯可樂，謝謝。

Je voudrais un hamburger et un coca, s'il vous plaît.
著 屋堆 航 和布格 ㄟ 東 科卡 西 屋 瀑雷

■您的可口可樂要大杯還是小杯的？

Voulez-vous un grand ou petit coca?
屋雷 服 航 共 屋 婆踢 口卡

■您要別的東西嗎？

Vous désirez autre chose?
服 跌西雷 凹特 秀司

美味的葡萄酒

MEMO

逛街購物

■**不好意思，請問這邊有百貨公司嗎？**

Pardon, il y a un grand magasin par ici?

趴東 依 理 雅 骯 共 馬嘎喪 趴 依稀

■**這邊有地鐵站嗎？**

Il y a une station de métro par ici?

依 理 雅 淤 使搭器翁 德 每拖 八 依稀

■**入口在哪裡？**

Où est l'entrée?

屋 ㄟ 龍推

■**這附近有文具店嗎？**

Est-ce qu'il y a une papeterie près d'ici?

ㄟ 色 器 李 雅 淤 趴破特例 撇 敵西

■**在那邊。**

Là-bas.

拉 八

逛街購物

2.在百貨公司

■我可以幫您什麼嗎？

Est-ce que je peux vous aider?

ㄟ 斯 克 著 波 服 些跌

■賣鞋的地方在哪一區？

Où est la section chaussures?

屋 ㄟ 拉 些課訊 修序喝

■我想買一雙靴子。

Je cherche une paire de bottes.

著 薛序 淤 配而 德 柏特

■我想要一個運動型的包包。

Je veux un sac de sport.

著 窩 骯 殺課 德 斯播ㄘ

■你衣服的尺寸是多少？

Quelle est votre taille?

給 ㄟ 握特 太而

■你鞋子要穿多大的？

Quelle est votre pointure?
給 ㄟ 握特 滂吐

■請問試衣間在哪？

Où est la cabine d'essayage?
屋 ㄟ 拉 卡賓勒 跌些訝舉

■我很喜歡這個樣式。

J'aime vraiment beaucoup ce modèle.
傑母 費蒙 柏哭 色 磨跌勒

■我很喜歡這個。

Ça me plaît beaucoup.
殺 磨 撲雷 撥哭

■這和你相配。

Ça vous va très bien.
殺 屋 挖 推 必洋

■顏色有一點太鮮豔了。

C'est un peu trop voyant.
些 骯 婆 拖 挖樣

■有別種顏色嗎？

Il y a d'autres couleurs?
依 理 雅 多特 哭勒

■我要買這件。

Je prends ça.
著 砰 薩

■您還需要別的東西嗎？

Voulez-vous autre chose?
屋雷 屋 凹特 秀司

逛街購物
3.郵寄、包裝

■可以給我一個袋子嗎？

Pouvez-vous me donner un sac?
撲威 服 模 東鎘 航 殺課

■請幫我包起來。

Emballez-le pour moi.
翁八列 勒 撲 罵

■請把這香水用禮盒包裝，謝謝。

Emballez ce parfum avec du papier cadeau, s'il vous plaît.

翁八雷 色 趴風 阿威 都趴闢耶 卡多 西 屋 瀑雷

逛街購物
4.只看不買

■我只是看看罷了。

Je regarde.

著 喝嘎得

■我還要再想想。

Je vais réfléchir.

著 威 雷非細

■這不是我要的東西。

Ce n'est pas ce que je cherche.

色 年 八 色 克 著 雪雪

逛街購物

逛街購物
5.講價付款

■在哪裡結帳？

Où est la caisse?
屋 ㄟ 拉 給色

■多少錢？

Ça fait combien?
殺 非 孔碧陽

■這在打折。

C'est en solde.
些 東 所得

■價錢很合理。

Le prix est raisonnable.
勒 闢斯 ㄟ 黑鬆薩不勒

■很便宜。

C'est bon marché.
些 崩 馬雪

■這不貴。

Ça ne coûte pas cher.
殺 勒 哭 八 雪喝

■這很貴。

C'est très cher.
些 推 雪喝

■你的預算是多少？

Quel est votre budget?
給 類 握特 布決

■可以給我打個折嗎？

Est-ce que vous pouvez me faire une remise?
ㄟ 斯 克 服 撲為 摸 費喝 淤 合密斯

逛街購物
6.退貨

■這件連衣裙太小了。

Cette robe est trop petite.
謝特 蘿蔔 ㄟ 拖 婆踢

逛街購物

■這鞋子不適合我。

Ces chaussures ne me vont pas.
些 所序 勒 摸 翁 八

■這貨品有問題。

Il y a des problèmes avec ça.
依 理 雅 跌 波不冷 阿威克 灑

■這件裙子有破洞。

Cette jupe est percée.
謝特 珠普 ㄟ 瞥謝

■如果太小的話，可以換嗎？

Je pourrais l'échanger si c'est trop petit.
著 撲雷 雷兄覺 西 些 拖 婆踢

■我想要退換。

Je veux changer.
著 窩 兄覺

■我想要退貨。

Je veux la faire rembourser.
著 窩 拉 費 航不些

Vous avez la facture?

夫 殺威 拉 發課吐

逛街購物

現代美術館 龐畢度中心

觀光、娛樂

觀光、娛樂
1.在旅遊服務中心

■哪裡有旅遊服務中心？

Où est le Bureau du Tourisme?
屋 ㄟ 勒 撲羅 突理事摸

■我想要一張巴黎的地圖。

Je désire une carte de Paris.
著 跌西 淤 卡特 德 趴離

■有免費的地圖嗎？

Avez-vous un plan gratuit de la ville?
阿威 屋 骯 撲龍 葛拉圖 德 拉 威勒

■我可以拿別的資料嗎？

Je peux prendre d'autres documents?
著 波 碰得 多特 多哭蒙

■有旅館指南嗎？

Il y a un guide des hôtels?
依 理 雅 骯 記 跌 縮貼爾

■可以給我一份旅遊指南嗎？

Pouvez-vous me donner un guide de visite?

撲威 服 摸 東鎳 航 機 德 威西特

■這邊有什麼歷史遺跡嗎？

Est-ce qu'il y a des monuments histo-riques?

ㄟ 斯 器 裡 壓 跌 夢怒蒙 依司拖裡克

■有什麼好玩的？

Qu'est-ce qu'il y a d'intéressant?

給 司 器 裡 壓 當貼裡鬆

■這裡有什麼名產嗎？

Quelles sont les spécialités de la ré-gion?

給 鬆 列 師被西阿裡貼 德 拉 雷擊翁

觀光、娛樂

■有市內觀光巴士嗎？

Est-ce qu'il y a un bus de tourisme ici?

ㄟ 斯 器 李 雅 航 布斯 德 吐力司摸 依稀

■有為期一天的旅行團嗎？

Est-ce qu'il y a les voyages à la journée?

ㄟ 斯 踢 裡 壓 勒 窩壓舉 啊 拉 珠鎳

■有沒有我可以參加的旅行團？

Il y a un voyage organisé auquel je peux participer?

依 理 雅 航 窩壓舉 歐嘎你些 凹給勒 著 撥 趴替 西呸

■旅程為期多久？

Quelle est la durée de visite?

給 ㄟ 拉 雷 德 威西特

■今晚有什麼有趣的表演活動？

Est-ce qu'il y a un spectacle intéres-sant ce soir?

ㄟ 斯 器 利 亞 航 施被踏課勒 航貼列喪 色 司挖

■在哪裡可以買到門票？

Où peut-on acheter les billets?

屋 波 東 阿雪貼 列 逼業

■我們今天要去哪裡？

On va visiter où aujourd'hui?

翁 挖 威西貼 屋 凹豬對

■我可以拍照嗎？

Je peux photographier?

著 波 佛拖尬費耶

■您可以幫我們拍照嗎？

Pouvez-vous nous photographier?

撲威 服 努 佛拖尬費耶

■您可以幫我拍張照嗎？

Est-ce que vous pouvez prendre une photo pour moi?

ㄟ 斯 克 服 撲威 碰德 淤 佛拖 瀑 木阿

■我可以錄影嗎？

Je peux filmer?

著 撥 分每

Où peut-on acheter des souvenirs?

屋 撥 東 阿雪貼 跌 蘇威妮

■一張明信片要多少錢？

Combien ça coûte une carte postale?

孔碧陽 殺 庫 淤 卡特 波斯塔

■我想要一份博物館介紹小冊子。

Je voudrais un guide de visite du mu-sée.

著 屋堆 航 記得 德 威係特　幕謝

■博物館幾點開門？

Le musée ouvre à quelle heure?

勒 幕謝 屋佛 阿 給 勒

■這是免費的嗎？

Est-ce que c'est gratuit?

ㄟ 斯 克 些 葛拉禿

觀光、娛樂

■有中文的導覽手冊嗎？

Avez-vous un dépliant en chinois?

阿威 屋 航 跌批雅 東 吸納

觀光、娛樂
3.觀賞電影

■能給我推薦一家好的電影院嗎？

Pouvez-vous me recommander un bon cinéma?

撲威 無 摸 喝恐蒙跌 航 崩 西鎳馬

■請問今天放映什麼電影？

Quel film on passe aujourd'hui?

給分母 翁 趴司 凹逐隊

■請問片長有多長？

Combien de temps dure la projection?

孔碧陽 德 東 嘟 拉 婆約係翁

■這部片是一部科幻片嗎？

Est-ce que c'est un film de science-fiction?

ㄟ斯 克 些 當 粉 德 賽楊斯斐可係翁

■您要買成人票或是學生票？

Vous voulez un billet ordinaire ou d'étudiant?

夫 屋雷 航 必耶 歐敵鎳 屋 跌嘟敵翁

■請問一張學生票多少錢？

Combien coûte un billet d'étudiant?

孔碧陽 庫 航 必爺 跌 敵翁

■請問我的位置在哪裡？

Où se trouve ma place?

屋 色 吐夫 馬 瀑拉斯

■我可以和你聊幾分鐘嗎？

Je peux vous parler quelques minutes?

著 撥 屋 八喝雷 給課 密女

■您是學生嗎？

Vous êtes étudiant?

服 些 些都敵翁

■您一個人嗎？

Vous êtes seul?

服 些 色

■我可以坐在這裡嗎？

Je peux m'asseoir ici?

著 撥 馬色挖 依稀

■不好意思，我比較喜歡一個人坐。

Pardon, je préfère être seul.

趴東 著 瞥費爾 ㄟ特 色

■很高興認識您。

Très heureux de faire votre connaissance.

推 喝勒司 德 費 窩特 恐內鬆

■您來法國旅行嗎？

Vous êtes en France pour du tourisme?

服 些 翁 逢司 撲 讀 突力司們

巴黎聖母院

交通

■可以告訴我，我現在在哪裡嗎？

Pouvez-vous me dire où je suis?
撲威 服 摸 地喝 屋 著 司威序

■龐畢度中心怎麼去？

Comment va-t-on au centre Pompi-dou?
恐們 挖 通 凹 鬆特 旁必都

■我好像迷路了。

On dirait que je suis perdu.
翁 地雷 課 著 思維 瞥度

■請問跳蚤市場在附近嗎？

Excusez-moi, le marché aux puces est près d'ici?
ㄟ斯哭些 嗎 勒 馬靴 凹 撲淤司 ㄟ 瞥 敵西

■您可以告訴我怎麼去電影院嗎？

Pouvez-vous me dire comment aller au cinéma?

撲威 服 抹 地喝 恐夢 阿雷 凹 西鎬馬

■請問這裡離車站多遠？

Quelle est la distance d'ici à la gare?

給列 拉 地撕疼 地西 阿 拉 尬喝

■我是觀光客。

Je suis touriste.

者 思維 突力司門

■請畫一張地圖給我。

Dessinez-moi un plan, s'il vous plaît.

跌西鎬 罵 骯 撲龍 西 屋 瀑雷

■您可以帶我去那嗎？

Vous pouvez m'emmener là?

無 撲為 摸摸鎬 拉

交通

127

■請問到希爾頓飯店要怎麼走？

Excusez-moi, l'hôtel Hilton, c'est par où?

ㄟ斯哭些 罵 落貼勒 希爾頓 些 八 屋

交通
2.坐計程車

■我需要計程車來載我。

J'ai besoin d'un taxi pour y aller.

傑 撥司萬 當 貼西 撲 依 阿雷

■計程車招呼站在哪裡？

Où est l'arrêt du taxi?

屋 ㄟ 拉雷 都貼西

■請幫我叫部計程車好嗎？

Appelez-moi un taxi, s'il vous plaît?

阿撲雷 媽 骯 貼西 西 屋 瀑雷

■哪裡可以叫到計程車？

Où est-ce qu'on peut appeler un taxi?
屋 ㄟ 斯 恐 撥 阿波雷 航 他洗

■請停在這個地方。

Arrêtez ici, s'il vous plaît.
阿雷特 依稀 西 屋 瀑雷

■我要到歌劇院大道。

Je veux aller à l'avenue de l'Opéra.
著 握 阿雷 阿 拉威努 德 羅配拉

■我該付您多少錢？

Je dois vous payer combien?
著 搭 服 陪耶 孔碧陽

交通

■請問一下，去里昂的火車幾點開？

Excusez-moi, le train pour Lyon est à quelle heure?

ㄟ斯哭些 媽 勒 談 撲 李翁 ㄟ 阿 給勒

■馬賽來的火車在那個月台靠站呢？

Le train de Marseille arrive à quel quai?

勒 談 德 馬賽 阿吸附 阿 給 給

■可以用歐洲國鐵票搭這火車嗎？

Peut-on utiliser l'Euro-Pass pour ce train?

婆 東 屋踢裡些 囉落 怕司 撲 色 堂

■ 我要買一張到柏林的高速火車來
回票，謝謝。

Un aller-retour pour Berlin en T.G.V., s'il vous plaît.

骯 阿雷 喝吐 撲 柏林 翁 貼 傑 威 西屋 瀑雷

■火車是直接開往巴黎嗎？

Le train est direct pour Paris?
勒 堂 ㄟ 低劣 撲 巴黎

■我們在哪邊轉車？

On change où?
翁 兄決 屋

■請給我地鐵的地圖，謝謝。

Le plan du métro, s'il vous plaît.
勒 貪 度 每拖 西 屋 瀑雷

交通
4.坐巴士

■公車站在哪裡？

Où est la station de bus?
屋 ㄟ 拉 師達器翁 德 布斯

■這班公車開到哪裡？

Il va où, ce bus?
依 挖 屋 色 布斯

■我在火車站下車。

Je descends à la gare.
著 跌鬆 阿 拉 尷喝

■公共汽車的票價要多少？

Combien ça coûte, le ticket de bus?
孔碧陽 撒灑 庫 勒 踢器 德 布斯

■售票處在哪裡？

Où se trouve le guichet?
屋 色 吐夫 勒 積雪

■在哪裡換車？

Où est-ce qu'on change de bus?
屋 ㄟ 斯 恐 兄決 德 布斯

■一張全票要多少錢？

Combien ça coûte, le ticket adulte?
恐比洋 灑 庫 勒 踢切 凹敵淤

■請讓一下，我要下車！

Excusez-moi, je descends!
ㄟ斯哭些 馬 著 跌鬆

郵局、電話

郵局、電話
1.在郵局

■有沒有賣明信片？

Vous vendez des cartes postales?
屋 甕跌 跌 卡特 波斯塔

■有沒有賣紀念郵票？

Il y a des timbres de collection?
依 理 雅 跌 聽柏 德 可列損

■有沒有賣信封？

Vous vendez des enveloppes?
屋 甕跌 跌 喪為落普

■寄到台灣的郵費要多少？

Quel est le tarif pour envoyer à Ta-ïwan?
給 ㄟ勒 塔力夫 普 翁挖耶 阿 台灣

■你要寄平信，還是掛號？

Vous l'envoyez par courrier normal ou par lettre recommandée?
服 龍挖耶 八 哭裡耶 諾馬 屋 八 列特 喝恐夢跌

■我想要和飛格濃先生通話。

Je voudrais parler à Monsieur Fignon.
著 屋推 罷喝雷 阿 猛素 飛格濃

■請問您是誰？

Qui est à l'appareil?
給 ㄟ 阿 拉啪列

■請等一下！

Un instant, s'il vous plaît!
骯 囊私通 西 屋 瀑雷

■不好意思，他剛好出去了。

Désolé, il est sorti.
跌所累 依 壘 所踢

■您打錯電話了。

Vous vous êtes trompé de numéro.
服 服 些 通杯 德 怒每落

■我晚上再打電話過來。

Je rappellerai ce soir.
著 哈破樂列 色 司挖

■請您講大聲一點！

Parlez plus fort!
罷喝雷 撲呂 佛

■正在佔線中。

La ligne est occupée.
拉 歷歷勒 ㄟ 通哭呸

■我可以留言給他嗎？

Je peux lui laisser un message?
著 婆 呂 壘些 骯 妹殺舉

■要留話嗎？

Voulez-vous laisser un message?
屋壘 屋 列些 骯 妹殺舉

■要怎麼樣才可以打電話到台灣？

Comment dois je téléphoner à Ta-ïwan?

恐夢 搭 著 貼列風錦 阿 台灣

■我要買一張電話卡，謝謝。

Une télécarte, s'il vous plaît.

淤 貼列卡特 西 屋 瀑雷

■您可以教我用電話卡嗎？

Vous pouvez me montrer comment utiliser la télécarte?

屋 撲威 摸 蒙推 恐夢 屋踢裡些 拉 貼列卡特

■我買的電話卡不能用。

La télécarte que j'ai achetée ne marche pas.

拉 貼列卡特 克 傑 阿雪貼 勒 馬需 八

Je voudrais téléphoner en P.C.V..

著 屋堆 貼列風鍠 翁 呸 些 威

法國火車的車牌

遇到麻煩

遇到麻煩
1.東西掉了

■您丟了什麼東西？

Qu'est-ce que vous avez perdu?
給司 克 服 殺威 瞥度

■我的小錢包不見了。

J'ai perdu mon porte-monnaie.
傑 瞥度 蒙 破特 蒙內

■我把包包忘在計程車上了。

J'ai oublié mon sac dans le taxi.
傑 屋不力耶 蒙 殺課 東 勒 他西

■我的護照遺失了。

Mon passeport est perdu.
蒙 怕司破 ㄟ 瞥度

■我真倒楣。

Je n'ai vraiment pas de chance.
著 鎳 肥夢 八 德 兄撕

遇到麻煩
2.被偷

■救命啊！

Au secours!
凹 色哭淤喝

■搶劫！

Au voleur!
凹 屋勒

■請您打電話給警察！

Appelez la police!
阿撲雷 拉 波力司

■您要去警局報案。

Vous devez aller à la police pour por-ter plainte.
屋 得威 阿類 阿 拉 波理司 撲 婆貼 盼

■我被搶了。

Quelqu'un m'a volé.
給剛 馬 握類

■我的護照被搶了。

On a volé mon passeport.

翁 那 渥雷 蒙 趴撕破

■搶案是何時何地發生的？

Ça c'est passé quand et où?

灑 些 趴些 共 ㄟ 屋

■我剛剛才被搶。

J'ai été volé tout à l'heure.

傑 ㄟ 跌 渥雷 吐 搭 勒

■您被搶了什麼東西？

Qu'est-ce qu'on vous a volé?

給司 空 服 阿 渥雷

遇到麻煩
3.交通事故

■您看到了車牌了嗎？

Vous avez vu le numéro d'immatriculation?

屋 殺威 淤 勒 努妹落 東媽吹哭拉西翁

■我把車牌記下來了。

J'ai noté le numéro de la voiture.

傑 諾貼 勒 怒每羅 德 拉 挖吐

■請幫我叫一部救護車！

Appelez une ambulance!

阿撲雷 淤 航不龍司

■我受傷了。

Je suis blessé.

著 思維序 不雷些

遇到麻煩
4.生病

■我不舒服。

Je me sens mal.

著 摸 鬆 馬

■我晚上失眠，睡不好。

J'ai fait de l'insomnie cette nuit. J'ai mal dormi.

傑 非 德 喪鬆迷 些特 怒易 傑 馬 多迷

■我渾身沒力氣。

Je n'ai pas de force.
傑 餒 八 德 佛司

■伸出舌頭讓我看。

Tirez la langue.
踢疊 拉 浪舉

■我幫你量一下體溫。

Je prends votre température.
著 砰 握特 天破拉突

■您在發燒，有三十九度。

**Vous avez une fièvre de
trente-neuf degrés.**
屋 殺威 淤 扉頁喝 德 通 樂夫 得貴

■我一直發燒不退。

J'ai touj ours de la fièvre.
傑 突豬 德 拉 非也

■會不會傳染？

C'est contagieux?
些 恐踏局餓

附錄

台灣城市名

台北	Taibei
桃園	Taoyuan
新竹	Xinzhu
台中	Taizhong
台南	Tainan
高雄	Gaoxiong
花蓮	Hualian
台東	Taidong

法國的城市名

Paris	巴黎
Marseille	馬賽
Lyon	里昂
Toulouse	圖盧茲
Nice	尼斯

法國著名觀光景點

艾菲爾鐵塔
La Tour Eiffel

聖母院
Notre-Dame

龐畢度中心
Centre Georges Pompidou

羅浮宮
Musée du Louvre

凱旋門
Arc de Triomphe

奧賽美術館
Musée d'Orsay

聖心堂
Sacré Cœur

法國名人與人名

畢卡索	Pablo Picasso
梵谷	Vincent Van Gogh
沙特	Jean Paul Sarte
紀德	André Gide
賽尚	Paul Cézanne
卡謬	Albert Camus
普魯斯特	Marcel Proust
波特萊爾	Charles Baudelaire
莫里哀	Molière
西蒙波娃	Simone de Beauvoir
韓波	Arthur Rimbaud
西蒙娜	Georges Simenon
迪皮伊	Dupuis

法國旅遊資訊站

■法國觀光局台灣辦事處

(Maison de la France)

地址：台北市復興北路167號13樓

電話：(02)2714-8987

傳真：(02)2719-3578

網址：www.franceguide.com.tw

■法國在台協會簽證組

地址：台北市敦化北路205號10樓1003室

電話：(02)3518-5177

傳真：(02)3518-5190

網址：www.fi-taipei.org

■台北駐法國代表處

(Bureau de Représentation de Taïpei en France)

地址：78, Rue de l'Université, 75007 Paris, France

電話：01 44 39 88 20

傳真：01 44 39 88 71

法國媒體網站

法國國際廣播電台

http://www.rfi.fr

電視3台

http://www.france3.fr

電視5台

http://www.tv5.ca

法新社

http://www.afp.com

世界報

http://www.lemonde.fr

今日法國

http://www.france.diplomate.gouv.fr/label france

費加羅報

http://www.lefigaro.fr

快報

http://www.express.com

ELLE

http://www.elle.fr

巴黎競報

http://www.parismatch.com

序數

第一的	premier
第二的	deuxième
第三的	troisième
第四的	quatrième
第五的	cinquième
第六的	sixième
第七的	septième
第八的	huitième
第九的	neuvième
第十的	dixième
第十一的	onzième
第十二的	douzième
第十三的	treizième
第十四的	quatorzième
第二十的	vingtième
第三十的	trentième

第四十的	quarantième
第七十的	soixante-dixième
第九十的	quatre-vingtième
第一百的	centième

各種水果

蘋果	la pomme
甜橙	l'orange
香蕉	la banane
草莓	la fraise
西瓜	la pastèque
芒果	la mangue
椰子	la noix de coco
梨子	la poire
甜瓜	le melon
荔枝	le litchi
葡萄	le raisin
檸檬	le citron

星座

中文星座名	法語星座名	出生日期
牡羊座	Bérlier	03.21 ~ 04.20
金牛座	Taureau	04.21 ~ 05.21
雙子座	Gémeaux	05.22 ~ 06.21
巨蟹座	Cancer	06.22 ~ 07.22
獅子座	Lion	07.23 ~ 08.23
處女座	Vierge	08.24 ~ 09.23
天秤座	Balance	09.24 ~ 10.23
天蠍座	Scorpion	10.24 ~ 11.22
射手座	Sagittaire	11.23 ~ 12.21
山羊座	Capricorne	12.22 ~ 01.20
水瓶座	Verseau	01.21 ~ 02.18
雙魚座	Poissons	02.19 ~ 03.20

十二生肖

生肖 Le signe d'année de naissance

鼠	le Rat
牛	le Bœuf
虎	le Tigre
兔	le Lièvre
龍	le Dragon
蛇	le Serpent
馬	le Cheval
羊	le Chèvre
猴	le Singe
雞	le Coq
狗	le Chien
豬	le Cochon

重要節日

新年	le jour du nouvel an
情人節	la Saint Valentin
復活節	Pâques (pl.)
愚人節	le premier avril
法國國慶日	le quatorze juillet
聖誕節	Noël

巴黎凱旋門

MEMO

MEMO

MEMO

MEMO

法語系列：08
用中文溜法語

....

編著／哈福編輯部
出版者／哈福企業有限公司
地址／新北市中和區景新街 347 號 11 樓之 6
電話／(02) 2945-6285　傳真／(02) 2945-6986
郵政劃撥／31598840　戶名／哈福企業有限公司
法律顧問／北辰著作權事務所　蕭雄淋律師
出版日期／2014 年 8 月
特價／NT$ 200 元

....

全球華文國際市場總代理／采舍國際有限公司
地址／新北市中和區中山路 2 段 366 巷 10 號 3 樓
電話／(02) 8245-8786　傳真／(02) 8245-8718
網址／www.silkbook.com 新絲路華文網

....

香港澳門總經銷／和平圖書有限公司
地址／香港柴灣嘉業街 12 號百樂門大廈 17 樓
電話／(852) 2804-6687　傳真／(852) 2804-6409
特價／港幣 67 元

....

email ／ haanet68@Gmail.com
網址／ Haa-net.com
facebook ／ Haa-net 哈福網路商城

....

國家圖書館出版品預行編目資料

用中文溜法語 / 哈福編輯部編著. -- 新北
市：哈福企業, 2014.8
　面；　公分. -- (法語系列: 07)
ISBN 978-986-5972-65-3

1.法語　　2.會話

804.588　　　　　　　　　　103015585

Häa-net.com
哈福網路商城

Häa-net.com
哈福網路商城

Häa-net.com
哈福網路商城

Häa-net.com
哈福網路商城